Analyse de l'œuvre

Par Irène Lazzari

Une fille comme elle

de Marc Lévy

lePetitLittéraire.fr

Analyse de l'œuvre

Par Irène Lazzari

Une fille comme elle

de Marc Lévy

Rendez-vous sur lepetitlitteraire.fr et découvrez :

Plus de 1200 analyses
Claires et synthétiques
Téléchargeables en 30 secondes
À imprimer chez soi

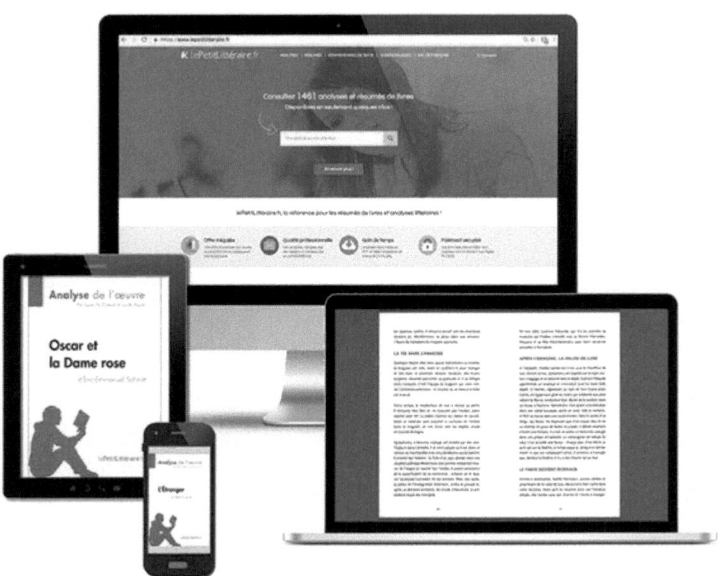

MARC LÉVY

ÉCRIVAIN FRANÇAIS

- **Né en 1961 à Boulogne-Billancourt**
- **Quelques-unes de ses œuvres :**
  - *Et si c'était vrai....* (2000), roman
  - *Sept jours pour une éternité...* (2003), roman
  - *La dernière des Stanfield* (2017), roman

Fils de l'écrivain résistant Raymond Lévy, Marc Lévy travaille pendant six ans comme secouriste pour la Croix-Rouge et mène en parallèle des études de gestion et d'informatique à l'université Paris-Dauphine. Suite à l'échec d'un projet entrepreneurial, Marc Lévy fonde avec son beau-frère un cabinet d'architecture de bureau, mais démissionnera à l'âge de 38 ans en raison de l'immense succès de son premier roman, *Et si c'était vrai*. Le roman est traduit dans plus de quarante langues et se vend à cinq millions d'exemplaires avant d'être adapté au cinéma. Ce succès fulgurant le poussera à se consacrer pleinement à l'écriture, activité qu'il exerce à Londres pendant plusieurs années avant de quitter l'Europe et de rejoindre l'Amérique. Marc Lévy réside aujourd'hui à New York, ville qu'il considère être « un laboratoire de l'humanité et un terreau magnifique pour un écrivain ».

La suite de son parcours d'écrivain est couronnée de succès, notamment avec des romans qui se trouvent très vite propulsés en haut de la liste des meilleures ventes, tels que *Où es-tu ?* en 2001, *Vous revoir*, en 2005, ou encore *Mes amis mes amours*, en 2006. Ce dernier a d'ailleurs été adapté au cinéma en 2008, sous la réalisation de Lorraine Lévy, sa sœur.

UNE FILLE COMME ELLE

LA FRESQUE D'UN VOISINAGE ET D'UNE ROMANCE SANS FRONTIÈRE

- **Genre :** roman
- **Édition de référence** : *Une fille comme elle*, Paris, Robert Laffont, 2018, 371 p.
- **1ʳᵉ édition :** 2018
- **Thématiques :** amour, immigration, voisinage, technologie, rapports familiaux, infirmité

Une fille comme elle est le dix-neuvième roman de Marc Lévy. Il s'agit d'une fiction littéraire à la croisée des genres, mêlant comédie romantique et intrigue policière. Touchant, drôle et léger, le roman dresse l'histoire d'un immeuble new-yorkais et de ses habitants, des personnages hauts en couleur.

RÉSUMÉ

Au numéro 12 de la Cinquième Avenue, à New York, se dresse un petit immeuble pas tout à fait comme les autres. Les résidents, autant attachés à leurs habitudes qu'à leur liftier de jour, Deepak, et à celui de nuit, Monsieur Rivera, empruntent chaque jour un ascenseur mécanique, une véritable antiquité qui donne un charme rare à la résidence. Loin d'être considéré comme une vétusté qu'il faudrait moderniser, cet ascenseur nécessite un savoir-faire particulier dont les deux liftiers sont les seuls détenteurs.

Outre le confort d'être conduit par Deepak, un homme consciencieux et très professionnel, Monsieur Morrison, le couple Zeldoff, Madame Williams, le professeur Bronstein, sa fille Mademoiselle Chloé et les autres locataires ont une confiance absolue en leurs liftiers. Mais le quotidien de cette communauté se voit forte-ment chamboulé lorsque Monsieur Rivera chute dans les escaliers et se casse la jambe, provoquant un arrêt maladie et un séjour à l'hôpital. Les voyages de nuits s'annoncent éprouvants pour les résidents, en particulier pour Mademoiselle Chloé du huitième étage qui ne peut se séparer de son fauteuil roulant depuis qu'elle a été victime d'un attentat à la bombe.

Un jeune Indien plein d'ambitions débarque à New York afin de récolter des fonds suffisants au financement de son entreprise informatique. Avec l'aide de Sam, son meilleur ami et ancien camarade d'études, Sanji fait la promotion de son application sociale destinée à réunir les personnes tout en se démarquant des concurrents actuels.

L'enjeu est de taille et des difficultés ne manqueront pas sur leur chemin, mais il en faut bien plus pour anéantir la détermination du jeune Indien. Puisque Sanji est le neveu de Lali, la femme de Deepak, ce dernier va être logé quelque temps dans l'appartement du couple, à Spanish Harlem. En se promenant à Washington Square parc, Sanji rencontre Mademoiselle Chloé par hasard. Une complicité certaine naît de cette rencontre au son des trompettes de l'orchestre du parc, mais Sanji se désespère en pensant qu'il ne la verra probablement jamais plus.

L'absence de Monsieur Rivera rend difficile le quotidien des résidents du numéro 12, d'autant qu'il est impossible de trouver un liftier qualifié susceptible de le remplacer en attendant sa convalescence. Monsieur Groomlat, comptable qui occupe les bureaux du premier étage et également président de la copropriété, suggère alors qu'il serait plus commode de moderniser l'ascenseur mécanique. Bien que son idée soit mal reçue en raison de l'extrême affinité qui unit les trente-neuf années de service de Deepak et les résidents, elle apparait finalement comme la seule solution.

Le matériel nécessaire à la modernisation de l'ascenseur est stocké depuis quelques années dans les sous-sols de l'immeuble et les résidents votent presque majoritairement en faveur de ces modifications qui engendreraient le licenciement de Deepak. Seulement, c'est sans compter sur le destin – à moins qu'il s'agisse d'un sabotage ? – : en effet, selon les ascensoristes, le matériel est dans un tel état d'oxydation qu'il s'avère inutilisable.

Pendant ce temps, Sanji est très occupé par son projet et sa recherche d'investisseurs et lorsque Deepak lui demande de devenir le liftier de nuit après une courte formation, il se montre réticent. Cependant, lorsqu'il apprend que Mademoiselle Chloé, la jeune fille qu'il a rencontrée quelques jours plus tôt, est une des résidentes de l'immeuble, il y voit un signe du destin et accepte de troquer ses nuits de sommeil et son confort pour une cabine d'ascenseur où tout peut arriver…

Sanji et Chloé se rapprochent de jour en jour et vivent des moments de complicité qui abolissent les préjugés. Pour la première fois depuis le terrible accident qui lui a couté ses jambes, Chloé se sent appréciée en tant qu'individu à part entière. Quant à Sanji, les difficultés liées à son statut d'immigré sont rapidement oubliées en la compagnie de Chloé. Professionnellement, Sanji fait preuve d'un culot et d'une opiniâtreté tels qu'il parvient à trouver, avec Sam, des investisseurs prêts à prendre de gros risques.

Au numéro douze de la Cinquième avenue, un vol de bijoux dans l'appartement de Madame Collins laisse planer le doute quant à la culpabilité de Sanji. Il semblerait que sa couleur de peau et sa présence dans l'immeuble soient des motifs d'inculpation suffisants pour l'inspecteur Pilguez, mais grâce à un subterfuge efficace, Sam

parvient à le faire libérer. Deepak, particulièrement touché par les soupçons et par la menace
de licenciement qui pèse sur lui, va se dénoncer
à la police.

Les résidents viennent à leur tour, un à un, se
dénoncer pour vol auprès de l'inspecteur Pilguez.
Il s'agit en fait d'un moyen de montrer leur so-
lidarité à toute épreuve envers leur fidèle liftier,
Deepak. Les charges sont abandonnées, faute de
preuve, et les ficelles du complot se révèlent petit
à petit : Madame Collins, maitresse de Monsieur
Rivera, a orchestré un faux vol afin de toucher
une grosse somme de son assurance.

Cet argent permettra de régler les frais médicaux de Monsieur Rivera et de leur assurer une
retraite décente. Sanji a tenu tête à sa famille et
a récupéré ses droits de succession sur le palais
familial, situé à Mumbai, dont le spoliaient
ses oncles, les frères de Lali. Deepak et Lali re-
tournent en Inde, pays qu'ils avaient quitté parce
que leur union dérangeait la famille de Lali dont
la caste sociale était supérieure à celle de Deepak.
Là-bas, Deepak prend le commandement d'une
brigade de liftier et veille au parfait entretien des
trois ascenseurs manuels tandis que Lali siège

au conseil d'administration du Mumbai Palace Hotel.

En 2020, Chloé remplit son journal intime, comme à son habitude, mais très loin de New York, puisqu'elle vit désormais à Mumbai, en Inde. En effet, elle y donne naissance à un enfant, fruit de son amour sans frontière avec Sanji. Que séparait ces deux êtres destinés à se rencontrer ? Un océan ou un immeuble ?

ÉTUDE DES PERSONNAGES

DEEPAK, L'INTÉGRITÉ ET LE PROFESSIONNALISME

Deepak est le personnage principal de cette fresque romanesque mettant en scène plusieurs protagonistes dont les destins sont liés d'une manière ou d'une autre. Né à Mumbai dans l'infortune, il subit dès son enfance le rejet des castes supérieures. Ses prouesses en cricket le promettent cependant à une grande carrière sportive. Lors d'un match, Deepak rate pour la première fois son lancer tandis que ses yeux se portent sur Lali, une magnifique jeune Indienne dont il tombe amoureux sur le champ.

Les différences de classes sociales entre les deux tourtereaux sèment le chaos dans le village, la famille de Lali étant prête à porter atteinte à l'intégrité de Deepak pour que le mariage n'ait jamais lieu. Main dans la main, ils décident de quitter l'Inde et ses préjugés rétrogrades pour l'Amérique.

Deepak est un homme intègre et discret et son travail de liftier new-yorkais, représente à ses yeux la possibilité d'accomplir un rêve : parcourir trois mille fois la hauteur du mont Nanda Devi, la plus haute montagne indienne, à bord de son ascenseur. Ce rêve, il sera en mesure de le réaliser au bout d'un an, cinq mois et trois semaines. Tous les matins, Deepak fait le chemin de Spanish Harlem, où il vit avec Lali, jusqu'à la Cinquième Avenue.

Avec les résidents de l'immeuble, il se montre particulièrement courtois et serviable. Deepak est également quelqu'un qui de profondément fidèle à ses habitudes. Dès lors, le moindre évènement inattendu le chamboule. L'accident de son collègue de nuit et la venue de Sanji à son domicile sèment le désordre dans sa vie et il tentera tant bien que mal de concilier les attentes de tout un chacun et de rétablir l'ordre. Il est très apprécié de tous les résidents en raison de ses loyaux services depuis trente-neuf années. La perspective de son licenciement le dévaste, car celui-ci-ci risque de mettre à mal le record qu'il tente d'effectuer à bord de son ascenseur. Cependant, il n'usera jamais de malice pour se défendre.

LALI, UN FIDÈLE AMOUR ET UNE SOUTIEN INFAILLIBLE

Lali, l'épouse de Deepak, est une femme très maternelle que la vie a pourtant privé d'un enfant. La force de son amour pour Deepak lui a donné le courage d'abandonner toute sa famille et son pays pour découvrir un pays dont elle ne connaissait absolument rien et qui l'effrayait. À leur arrivée, elle est tombée enceinte, mais a fait une fausse couche au terme du septième mois de grossesse.

Lorsque son neveu se présente chez elle, c'est tout naturellement qu'elle le prend sous son aile, allant jusqu'à le materner, comme si cet instinct naturel pouvait enfin s'exprimer. Elle souhaite passer beaucoup de temps avec Sanji, lui faire découvrir la ville et l'initier à la culture américaine. Pleine d'amour, Lali est une femme qui aime faire plaisir aux siens et, en sa compagnie, on ne manque généralement pas de faim.

Lali est également entièrement dévouée à son mari. À la moindre anicroche, elle s'inquiète pour lui et se montre particulièrement solidaire, se proposant même comme liftière afin de l'aider.

Lorsque Monsieur Rivera est alité à l'hôpital, elle vient le voir fréquemment pour lui apporter soutien et bienveillance.

SANJI, L'AMBITIEUX SANS FRONTIÈRE

Sanji est le neveu de Lali. Bien qu'issu d'une famille très riche et propriétaire du Mumbai Palace Hôtel, il cherche des financements pour son projet d'application sociale, car ses oncles ont spolié son héritage au décès de son père. Le jeune homme a suivi des études à Oxford, où il a rencontré Sam, son futur coéquipier. Il est particulièrement intelligent, cultivé, mais possède la fâcheuse habitude d'être toujours en retard, ce qui ne manque pas d'énerver Sam qui doit bien souvent l'attendre lors des réunions avec les entrepreneurs.

Sanji est une personne dénuée de tous préjugés. Lorsqu'il rencontre Chloé, en fauteuil roulant, il ne la questionne pas quant aux circonstances de son accident. Ne pas évaluer autrui à l'aune de son apparence semble constituer une ligne de conduite qui lui tient particulièrement à cœur, lui-même ayant parfois été jugé en raison de ses origines ethniques.

De nature très romantique, Sanji ne laisse pas de place au hasard dans sa conquête amoureuse : s'il faut parcourir les allées de Washington Square parc tous les jours, se tromper de taxi pour accompagner Chloé ou encore veiller toute la nuit malgré son quotidien mouvementé afin de partager en sa compagnie une cabine d'ascenseur, il le fera.

Sanji accorde aussi beaucoup d'importance aux valeurs familiales. Les manigances de ses oncles en vue de s'approprier sa part de gâteau le révolte, non pas tant du point de vue pécuniaire que du point de vue de l'honneur. Lorsqu'il arrive à New York, il prévoit de séjourner dans un hôtel luxueux. Avant de s'y rendre, il décide de rencontrer pour la première fois sa tante, Lali, et face à sa profonde gentillesse, il n'a pas le cœur à lui avouer qu'il préfère loger dans le luxe et se laisse adopter.

CHLOÉ, UNE RESCAPÉE AUX MULTIPLES TALENTS

Chloé est la fille du professeur Bronstein, avec qui elle vit au huitième étage de l'immeuble. Ancienne actrice dans une série télévisée, l'attentat à la bombe dont elle fut victime, à Boston, et qui lui a couté ses deux jambes a forcé sa reconversion à un avenir professionnel moins ambitieux. Désormais, Chloé prête sa voix à des enregistrements audios de romans. Elle est également thérapeute, mais peine à se constituer une clientèle en raison de son jeune âge. Chloé est une personne très sensible, très belle malgré son handicap.

Elle est également pleine de fierté et ne supporte pas d'être assistée, préférant souffrir de courbatures aux bras plutôt que de laisser les gens pousser son fauteuil. En aucun cas elle ne souhaite perdre l'autonomie qu'elle peut conserver et la revendique avec un certain orgueil. Son petit ami, professeur de philosophie qui porte le nom de Schopenhauer, a tendance à la délaisser quelque peu et, en sa présence, elle ne parvient pas à oublier sa condition de rescapée.

Chloé est également une jeune femme très angoissée par la foule, suite à son accident lors de l'attentat du marathon de Boston. Elle tient un journal intime dans lequel elle relate les traumatismes et les situations anxiogènes qu'elle doit surmonter au quotidien : prendre le métro bondé avec son fauteuil qui semble gêner tout le monde, trouver un taxi dont les portes coulissantes sont susceptibles de l'accueillir. Son manque de mobilité a cependant acéré son sens de l'observation puisqu'elle passe de longs moments cloîtrée chez elle à observer les piétons par la fenêtre.

PERSONNAGES SECONDAIRES

Schopenhauer

L'homme qui partage la vie de Chloé est un professeur de philosophie. Très souvent en déplacement à cause des nombreuses conférences qu'il donne, Schopenhauer est un compagnon peu présent pour Chloé. Ils se sont rencontrés bien avant que Chloé soit victime d'un attentat et ils ont donc vécu ce drame ensemble. Dès son réveil à l'hôpital, Chloé a senti que le regard de son compagnon avait changé et elle a toujours vécu la perte de ses jambes comme une perte de sa féminité. Schopenhauer trouve souvent des prétextes pour ne pas aller à ses rendez-vous avec Chloé et fait preuve de peu de compassion pour elle : lorsque l'ascenseur n'est pas disponible, il ne lui propose pas de la porter dans l'escalier et préfère remettre à plus tard leur diner.

Professeur Bronstein

Le professeur Bronstein est le père de Chloé. Ils vivent ensemble dans le même appartement et ont une très bonne relation. De nature enthousiaste malgré son divorce, le professeur Bronstein est aussi le conseiller sentimental de Chloé, laquelle n'hésite pas à lui parler de ses problèmes avec Schopenhauer puis de sa rencontre avec Sanji. Ils vont souvent manger ensemble au restaurant.

Monsieur Rivera

Monsieur Rivera est le liftier de nuit. Suite à sa chute dans les escaliers, il doit rester à l'hôpital pour une durée indéterminée. Grand passionné de romans policiers, il a toujours sur lui un polar qu'il lit lorsque le hall d'entrée et vide. Deepak, Lali et Chloé lui rendent visite à l'hôpital afin de le tenir informé de la situation et il essaye, à distance, de résoudre les énigmes qui préoccupent les locataires : qui a dégradé le matériel nécessaire à l'automatisation de l'ascenseur ? qui a volé les bijoux de madame Collins ? Monsieur Rivera, proche de la retraite, vit une histoire d'amour avec madame Collins dans la discrétion la plus totale.

Madame Collins

Madame Collins est une des résidentes de l'immeuble. Elle vit au premier étage et entretient une relation secrète avec Monsieur Rivera. C'est elle qui va mettre en scène le vol de bijoux afin de toucher une prime d'assurance et permettre à Monsieur Rivera de financer ses frais médicaux.

Sam

Sam est le meilleur ami de Sanji ainsi que son coéquipier dans leur projet d'entreprise. Ils ont fait leurs études ensemble à Oxford et ont une confiance réciproque l'un envers l'autre. Plus terre-à-terre que Sanji, Sam se charge principalement de démarcher auprès des investisseurs et de présenter le projet afin de récolter des fonds.

CLÉS DE LECTURE

ÉTUDE D'UN ROMAN À LA FRONTIÈRE DES GENRES

Une fille comme elle est un roman qui se situe à cheval sur plusieurs genres. Mêlant la comédie romantique, le polar policier, et le récit initiatique, Marc Lévy use de plusieurs ficelles afin de construire un récit polymorphe, à l'image de ses personnages.

La comédie romantique

Les nombreux quiproquos auxquels sont soumis les personnages donnent lieu à des scènes humoristiques. Lorsque Sanji rencontre pour la seconde fois Chloé, un hasard de circonstance a voulu que celui-ci soit propulsé au rang de liftier tandis qu'à leur première rencontre, il s'était présenté comme un entrepreneur plein d'avenir. Surprise de le voir affublé du même uniforme que celui de Deepak, Chloé pense que Sanji lui a menti et doit partager la cabine d'ascenseur avec celui qu'elle croit être un imposteur.

De même, lorsque Sanji débarque à New York, il a l'intention de résider dans un hôtel aussi luxueux que confortable. Cependant, un détour par Spanish Harlem afin de saluer sa tante qu'il n'a jamais rencontrée va venir contrecarrer ses plans. Sa volonté de confort se heurte, en effet, à la bienséance familiale. L'accueil qui lui est réservé par Lali et son mari est si chaleureux qu'il se retrouve piégé dans une situation où la seule échappatoire possible serait perçue comme une impolitesse immense. Dès lors, le jeune homme devra cohabiter avec une famille qu'il ne connait pas et vivre son rêve américain loin des grattes ciels et groom services.

Derrière les murs de cet immeuble de la Cinquième Avenue, véritable microcosme de diversités culturelles, l'humour est également bien présent. En effet, les résidents de l'immeuble apportent aussi une touche de comique au récit en raison de leurs particularités : Monsieur Morrison, par exemple, est toujours tellement ivre que le liftier de nuit, Monsieur Rivera, doit le maintenir éveiller dans l'ascenseur afin qu'il ne s'écroule pas de sommeil, puis le mettre au lit comme un enfant.

Les Zeldoff, un couple du cinquième étage, sont connus pour être très expressifs durant leurs ébats sexuels et il n'est pas rare de les entendre régulièrement s'adonner aux plaisirs charnels. Deepak étant le fidèle confident de chacun d'entre eux, il est aussi, à fortiori, le détenteur de nombreux secrets.

Mais si la comédie apporte une touche de légèreté et fait sourire le lecteur, c'est aussi pour mieux servir le fond de romantisme dont chaque page est imprégnée. C'est d'abord via le récit de rencontre entre Lali et Deepak que le ton est donné : ayant abandonné leur pays pour pouvoir vivre leur amour pleinement, le couple représente un idéal amoureux à tous les niveaux. Outre la complicité qu'ils éprouvent l'un pour l'autre, ils sont aussi liés par un quotidien qui laisse toujours place, peu importe les évène-ments, à un repas partagé en tête à tête. La seule fois où le couple a dérogé à cette règle, c'est en raison d'une obligation funeste : enceinte, Lali a dû se rendre à l'hôpital où elle subit une fausse couche.

Le cheminement qui mène Sanji et Chloé à s'aimer est également un leitmotiv du roman.

Parallèlement à l'éloignement sentimental qui touche le couple que forment Chloé et son petit ami, le philosophe Schopenhauer, Sanji se rapproche de la jeune femme qu'il tente de séduire, parfois maladroitement, mais avec détermination.

Celle-ci, bien que rétablie de ses blessures physiques, n'en demeure pas moins encore très marquée psychologiquement. L'angoisse et la peur du regard de l'autre la bloquent dans son quotidien. Elle a connu Schopenhauer avant son accident et a le sentiment que celui-ci la traite comme une infirme dont il aurait pitié, et non comme l'être aimé qu'elle fut autrefois à ses yeux.

Lorsqu'elle sent le regard de Sanji se poser sur elle, elle n'y voit ni pitié, ni curiosité malsaine, ni condescendance. Dès lors, c'est à travers les yeux de Sanji que la jeune femme pourra se libérer de ses blessures émotionnelles. De son côté, Sanji est un jeune homme qui doit évoluer dans une nouvelle ville qui, bien que multiculturelle, laisse encore voix à de nombreux préjugés et stéréotypes à l'égard des étrangers. Or, aux côtés de Chloé, il se sent totalement accepté.

Le roman à intrigue policière

Une autre particularité d'*Une fille comme elle* est sa tendance à basculer, vers la fin du récit, dans le récit policier. Au fil des pages, des évènements mystérieux se produisent sans que l'on puisse résoudre l'intrigue.

Le premier d'entre eux concerne la dégradation du matériel nécessaire à la modernisation de l'ascenseur. Au début du roman, Monsieur Groomlat vérifie consciencieusement le contenu des boites qui se trouvent au sous-sol et ne constate rien d'anormal. Or, quelques jours plus tard, tandis que la décision de faire venir des ascensoristes a été prise par le comité de voisinage, ceux-ci constatent que le matériel est dans un état d'oxydation très avancé. De la rouille, semble-t-il, rend inexploitables les pièces et il est impossible d'en obtenir d'autres avant six semaines.

Quelques indices sont laissés volontairement par Marc Lévy pour orienter le lecteur à résoudre l'énigme – la venue de Lali dans l'immeuble, celle de Deepak dans les sous-sols, ou encore la forte volonté d'empêcher cette modernisation qui anime Chloé –, mais il faudra attendre le dénouement pour connaitre le réel coupable de ce sabotage.

Ensuite, une autre intrigue vient bouleverser le récit : la disparition d'un bijou d'une valeur de deux cent cinquante mille dollars appartenant à Madame Collins. Les soupçons se portent sur Sanji, coupable idéal. D'ailleurs, on apprend que celui-ci épuisé d'accumuler deux travails, s'est rendu chez Madame Collins durant son absence afin de se reposer dans son fauteuil. De manière déroutante, Deepak, que le lecteur sait innocent, se dénonce à la police.

Viennent ensuite tous les voisins qui, à leur tour, avouent un crime qu'ils n'ont pas commis. L'inspecteur Pilguez, courroucé par ces outrages au bon déroulement de l'enquête policière, a autant de mal que le lecteur à trouver une explication et un coupable évident. Là encore, le récit fait preuve de ressort narratif puisqu'il se conclut sur un aveu, mettant un terme aux interrogations légitimes du lecteur.

Le récit initiatique

La particularité du récit initiatique est de mettre en exergue les difficultés que peut rencontrer un personnage durant son parcours. Le porte-parole de cette tendance est Sanji dont le parcours scolaire est explicité dès le début du roman. Issu d'une riche famille indienne, Sanji est un jeune homme qui a l'opportunité de quitter l'Inde pour étudier l'économie à Oxford. De retour sur sa terre natale, il développe une application numérique dont la vocation est sociale, les utilisateurs inscrits pouvant converser avec d'autres individus et les publications n'étant pas hiérarchisées selon un algorithme similaire à celui des autres réseaux sociaux.

En Inde, l'application fait fureur, mais l'ambition de Sanji le pousse à conquérir l'Amérique. Avant de trouver une reconnaissance à la hauteur de ses espérances, Sanji devra essuyer plusieurs refus. Son ami et acolyte de projet, Sam, l'enjoint à demander à sa famille la part de richesse qui lui revient de droit, mais Sanji refuse, souhaitant obtenir un soutien financier externe, d'autant que ses oncles manigancent afin de lui voler sa part d'héritage.

Pour conclure, la trame narratologique laisse une place prépondérante au sentiment amoureux qui se prolonge de personnage en personnage, selon une continuité qui alimente sans cesse l'évolution du récit pour ne jamais s'en éloigner. Les énigmes amènent du suspens au récit et vient contrebalancer l'évidente union qui se dessine entre Sanji et Chloé. Enfin, l'expérience du quotidien de cet immeuble de la Cinquième Avenue permet de lier le destin de ses occupants à celui de Sanji, alors en pleine construction.

L'ORGANISATION INTERNE DE LA STRUCTURE NARRATIVE

Une fille comme elle est un récit relaté d'un point de vue omniscient, c'est-à-dire qu'un narrateur témoin, externe au déroulement de l'histoire, donne des informations sur les divers personnages ainsi que sur les évènements qui se produisent. Pour cette raison, il s'agit d'un récit à la troisième personne, chaque chapitre se focalisant de manière aléatoire sur Sanji, Lali, Deepak, ou encore Chloé.

Une entorse à la règle

Cependant, un autre type de narration vient sporadiquement interrompre l'histoire. À plusieurs reprises, des chapitres très courts – une à trois pages – se présentent comme les pages du journal intime de Chloé. Typographiés en italique et rédigés à la première personne, ils permettent au lecteur d'acquérir une connaissance plus intime de ce personnage énigmatique, rescapé d'un drame dont on ne connaitra les circonstances qu'à l'épilogue.

Ce changement narratif permet de mettre en évidence les blessures profondes de Chloé, son parcours en tant que personne handicapée et son ressenti lors des mois suivants, notamment lorsqu'elle essaye de porter, sans succès, des prothèses. Marc Lévy souhaite, en choisissant cette narration plus intime, donner plus de consistance psychologique à son personnage, mais aussi donner la parole à cette victime d'un attentat à la bombe.

Un roman graphique

Au fil des pages, de petites illustrations permettent d'égayer la lecture. Elles sont l'œuvre de Pauline Lévêque, épouse de Marc Lévy, et accompagnent la narration en donnant des informations graphiques sur les lieux évoqués, tels que le restaurant « El Barrio » où Chloé et son père vont manger, un plan du Washington Square Park, ou encore un dessin de l'ascenseur.

DES QUESTIONS DANS L'AIR DU TEMPS

Une fille comme elle est l'occasion d'aborder un thème propre à notre société contemporaine, celui de la modernisation, tant au niveau technologique qu'au niveau des mœurs.

De la mécanique à l'automatique

Si les résidents de l'immeuble sont attachés à leur ascenseur d'une autre époque, c'est avant tout parce que celui-ci donne une touche unique à l'habitation. Quant à Deepak, il demeure un des seuls dépositaires d'un savoir quasi ancestral et, malgré la fierté qu'il éprouve à pouvoir manœuvrer un tel engin, il déplore le confort moderne qu'il associe à une forme de facilité tendant à exclure les traditions.

Marc Lévy donne voix à plusieurs points de vue concernant ce passage vers l'automatique puisque certains résidents avancent un argument difficilement contestable, à savoir celui du gain financier que le changement d'ascenseur impliquerait puisqu'ils pourraient dès lors se passer des services des deux liftiers. Implicitement, la question évoquée derrière cette histoire est celle de la perte d'humanité qu'implique une société de plus en plus automatisée.

De même, la critique sous-jacente est celle de la dictature de la rentabilité dans un monde où le profit financier prime sur les rapports humains. Le personnage de Sanji et le concept numérique qu'il développe pourraient laisser croire qu'il incarne cette hyper modernisation ; sa recherche de fonds financiers laisse également penser que l'argent est maître dans la société. Or, justement, l'ambition de son application est de permettre aux personnes seules de se rencontrer et de déjouer les algorithmes déterministes qu'utilisent les autres applications concurrentes.

Une Inde moderne

Ayant quitté l'Inde trente-neuf ans avant son neveu, Lali demande à celui-ci de nombreuses informations sur son pays qu'elle imagine figé dans le temps. Elle est bien souvent déconcertée par les réponses de Sanji qui lui rétorque que l'Inde a évolué de manière fulgurante ces dernières décennies et qu'elle n'est pas si loin, culturellement parlant, de l'Amérique. L'évocation d'une Inde archaïque se fait donc via les souvenirs de Lali et de Deepak et ceux-ci permettent, par contraste avec l'approche moderne qu'a Sanji vis-à-vis de son pays natal, de mettre en exergue l'extrême occidentalisation qui touche actuellement l'Inde.

Le roman tend à annihiler les différences culturelles : la ville de New York, cosmopolite, est le lieu idéal où les différences peuvent se rencontrer et cohabiter. Le fait d'évoquer la modernisation de l'Inde permet également d'aller à l'encontre des stéréotypes qui perdurent dans la doxa populaire.

L'attentat du Marathon de Boston

Un mystère perdure jusqu'à la fin du roman : quelle est la raison pour laquelle Chloé a perdu ses jambes ? Des informations sont données rétrospectivement et laissent supposer un accident terrible, mais c'est au terme de l'épilogue que l'on apprend que Chloé est une rescapée de l'attentat qui a eu lieu en 2013 lors du Marathon organisé par la ville de Boston. Il s'agit d'un thème encore timidement exploité dans les œuvres contemporaines et qui, pourtant, trouve une résonnance certaine dans l'actualité.

PISTES DE RÉFLEXION

QUELQUES QUESTIONS POUR APPROFONDIR SA RÉFLEXION...

- Quel secret unit Madame Collins et Monsieur Rivera ?
- Quelles sont les trois règles d'or que Deepak respecte chaque jour depuis trente-neuf ans ?
- Pour quelles raisons Deepak souhaitait-il parcourir trois fois, à bord de son ascenseur, la hauteur du mont Nanda Devi ?
- De quelle manière Marc Lévy associe-t-il la religion à l'obscurantisme ?
- Un quiproquo est à l'origine de la rencontre entre Sanji et Chloé, lequel ?
- Quel genre de roman Monsieur Rivera affectionne-t-il particulièrement ? Quelle incidence cela a sur le récit ?
- Pourquoi Chloé ne porte-t-elle pas de prothèse ?
- L'application développée par Sanji est révolutionnaire. Qu'a-t-elle de si spécial ?
- Pourquoi Schopenhauer et Chloé ne parviennent-ils pas à communiquer ?

Votre avis nous intéresse !
Laissez un commentaire sur le site de votre librairie en ligne
et partagez vos coups de cœur sur les réseaux sociaux !

POUR ALLER PLUS LOIN

ÉDITION DE RÉFÉRENCE

- *Une fille comme elle*, Paris, Robert Laffont, 2018, 371 p.

ÉTUDE DE RÉFÉRENCE

- LÉVY M., « Mes histoires abattent les frontières », in *Soirmag*, consulté le 14 octobre 2018, http://soirmag.lesoir.be/174384/article/2018-08-22/marc-levy-mes-histoires-abattent-les-frontières

SUR LEPETITLITTÉRAIRE.FR

- Fiche de lecture sur *Elle & Lui* de Marc Lévy.
- Fiche de lecture sur *Et si c'était vrai...* de Marc Lévy.
- Fiche de lecture sur *Un sentiment plus fort que la peur* de Marc Lévy.
- Fiche de lecture sur *Si c'était à refaire* de Marc Lévy.
- Fiche de lecture sur *Le Voleur d'ombres* de Marc Lévy.

- Fiche de lecture sur *Une autre idée du bonheur* de Marc Lévy.
- Fiche de lecture sur *L'Étrange voyage de Monsieur Daldry* de Marc Lévy.

DUMAS
- Les Trois
  Mousquetaires

ÉNARD
- Parlez-leur
  de batailles,
  de rois et
  d'éléphants

FERRARI
- Le Sermon sur la
  chute de Rome

FLAUBERT
- Madame Bovary

FRANK
- Journal
  d'Anne Frank

FRED VARGAS
- Pars vite et
  reviens tard

GARY
- La Vie devant soi

GAUDÉ
- La Mort du
  roi Tsongor
- Le Soleil des
  Scorta

GAUTIER
- La Morte
  amoureuse
- Le Capitaine
  Fracasse

GAVALDA
- 35 kilos d'espoir

GIDE
- Les
  Faux-Monnayeurs

GIONO
- Le Grand
  Troupeau
- Le Hussard
  sur le toit

GIRAUDOUX
- La guerre de
  Troie
  n'aura pas lieu

GOLDING
- Sa Majesté des
  Mouches

GRIMBERT
- Un secret

HEMINGWAY
- Le Vieil Homme
  et la Mer

HESSEL
- Indignez-vous !

HOMÈRE
- L'Odyssée

HUGO
- Le Dernier Jour
  d'un condamné
- Les Misérables
- Notre-Dame
  de Paris

HUXLEY
- Le Meilleur
  des mondes

IONESCO
- Rhinocéros
- La Cantatrice
  chauve

JARY
- Ubu roi

JENNI
- L'Art français
  de la guerre

JOFFO
- Un sac de billes

KAFKA
- La Métamorphose

KEROUAC
- Sur la route

KESSEL
- Le Lion

LARSSON
- Millenium I. Les
  hommes qui
  n'aimaient pas
  les femmes

LE CLÉZIO
- Mondo

LEVI
- Si c'est un
  homme

LEVY
- Et si c'était vrai…

MAALOUF
- Léon l'Africain

MALRAUX
- La Condition humaine

MARIVAUX
- La Double Inconstance
- Le Jeu de l'amour et du hasard

MARTINEZ
- Du domaine des murmures

MAUPASSANT
- Boule de suif
- Le Horla
- Une vie

MAURIAC
- Le Nœud de vipères

MAURIAC
- Le Sagouin

MÉRIMÉE
- Tamango
- Colomba

MERLE
- La mort est mon métier

MOLIÈRE
- Le Misanthrope
- L'Avare
- Le Bourgeois gentilhomme

MONTAIGNE
- Essais

MORPURGO
- Le Roi Arthur

MUSSET
- Lorenzaccio

MUSSO
- Que serais-je sans toi ?

NOTHOMB
- Stupeur et Tremblements

ORWELL
- La Ferme des animaux
- 1984

PAGNOL
- La Gloire de mon père

PANCOL
- Les Yeux jaunes des crocodiles

PASCAL
- Pensées

PENNAC
- Au bonheur des ogres

POE
- La Chute de la maison Usher

PROUST
- Du côté de chez Swann

QUENEAU
- Zazie dans le métro

QUIGNARD
- Tous les matins du monde

RABELAIS
- Gargantua

RACINE
- Andromaque
- Britannicus
- Phèdre

ROUSSEAU
- Confessions

ROSTAND
- Cyrano de Bergerac

ROWLING
- Harry Potter à l'école des sorciers

SAINT-EXUPÉRY
- Le Petit Prince
- Vol de nuit

SARTRE
- Huis clos
- La Nausée
- Les Mouches

SCHLINK
- Le Liseur

Germinal
d'Émile Zola

Analyse de l'œuvre
L'Étranger
d'Albert Camus

Analyse de l'œuvre
Le Père Goriot
de Balzac

Analyse de l'œuvre
Candide ou l'Optimisme
de Voltaire

Analyse de l'œuvre
Oscar et la Dame rose
d'Éric-Emmanuel Schmitt

www.lepetitlitteraire.fr

ISBN version numérique : 9782808014281
ISBN version papier : 9782808014298
Dépôt légal : D/2018/12603/474

Conception numérique : Primento,
le partenaire numérique des éditeurs.

Ce titre a été réalisé avec le soutien de la Fédération Wallonie-Bruxelles, Service général des Lettres et du Livre.